W0329007

Helmut Haberkamm . Gerd Bauer

Tödliches Franken

77 unheimliche Vorfälle aus heimischen Gefilden

Koberger & Kompany Verlag
N ü r n b e r g

Helmut Haberkamm . Gerd Bauer

Tödliches Franken

77 unheimliche Vorfälle aus heimischen Gefilden

Koberger & Kompany Verlag
N ü r n b e r g

© 2014 by Koberger & Kompany Verlag, Nürnberg
Alle Rechte vorbehalten
www.kobergers.de

© Text:
Helmut Haberkamm, Spardorf

© Zeichnungen:
Gerd Bauer, Nürnberg

Herstellung:
Kobergers FakTory, Graphische Werkstätte, Nürnberg

ISBN 978-3-938374-18-4

Schnell kann's geh –
und kanns geht schee.

Aus dem Schatzkästlein fränkischer Totengräber

77 unheimliche Vorfälle aus heimischen Gefilden

Franken kann tödlich sein. Gleichzeitig aber auch aberwitzig und zum Kopfschütteln komisch. So wie in diesen hier vorliegenden merkwürdigen und schier ungeheuerlichen Begebenheiten. Im Grunde sind es wahrhaftige Fundstücke, Rohlinge der Wirklichkeit. In einem besonderen Verfahren wurden sie geschliffen und geschärft, eingedampft und aufgeschäumt, verdichtet und imprägniert. Solcherart aufbereitet funkeln sie nun und können ihr Licht erstrahlen lassen. Sie zeigen das Helle, sie zeigen das Dunkle, und sie lassen aufscheinen, was wir kennen, aber nicht durchschauen. Es ist nicht zu fassen. Der helle Wahn. Ein Jammer. Der Abschuss. Die Schau. Zum Totlachen. Der volle Hammer. Franken, wie es leibt und lebt – und leibhaftig ums Leben kommt.

Bretter

Die Bretter, die die Welt bedeuten, wurden schon vielen zum Verhängnis. So auch dem 45-jährigen Feinmechaniker Dietmar Besthaupt, der bei der Theateraufführung der SpVgg Heidenliebheim die Hauptrolle im Bauernschwank „Der fliegende Mainfranke" schon zweimal zur Belustigung und Begeisterung der Saalbesucher mit Schwung und Bravour gespielt hatte. In einer Szene musste er auf einen Tisch springen und eine weinselige Ansprache halten. Bei der dritten Vorstellung am Donnerstag jedoch rutschte das Tischtuch unversehens unter dem Mann weg, er verlor das Gleichgewicht, prallte mit dem Kopf gegen eine Stuhllehne und schlug schließlich mit seinem massigen Körper auf dem Bretterboden auf. Jede Rettung wurde zum Schlag ins kalte Wasser. „Da sieht man, wie dünn und fadenscheinig die Decke des Schicksals gestrickt ist für uns Menschen", hieß es in der Grabrede. „Dabei woor des Stückla doch goor net so schlecht", wunderte sich der ratlose Kirchenvorsteher.

Frohwieser

Der 37-jährige Ortwin Frohwieser aus Hockenfurt schmuggelte seinen gebrechlichen 86-jährigen Vater heimlich aus dem Krankenhaus, staffierte ihn mit Lederkleidung, Motorradstiefeln, einem Schutzhelm und einer schwarzen Sonnenbrille aus und schnallte ihn dergestalt auf dem Sitz einer Harley-Davidson fest. So fuhr er mit ihm gute drei Stunden durch den Aischgrund und die Fränkische Schweiz, zu den Lieblingsplätzen des Vaters. An einer Kneipe machten die beiden Halt, der Sohn holte zwei Bier und steckte eine Zigarette zwischen die lächelnden Lippen seines Vaters. Ortwin Frohwieser sagte der Zeitung, er habe den Ausflug mit seinem Vater unternommen, um ihm ein letztes Geschenk zu machen: „Einfach noch mal mit ihm rumkurven, reden, klar Schiff machen, volle Pulle leben." Beide hätten sie sich dabei „sauwohl" gefühlt. Wann der Vater genau verstarb, vermochte der Sohn nicht anzugeben.

Abrechnung

Bei einer Siebenerversammlung in Achtelstetten waren zwei vierschrötige Bauernfünfer, Einar Neuner aus Dreilinden und Gotthelf Zehner aus Neunkirchen, wegen einem versiebten Sechser im Lotto dermaßen uneins geworden, daß sie einander einen doppelzüngigen Leutausschmierer und habgierigen Einfaltspinsel hießen, sich gegenseitig Achter in die Räder traten, Bierflaschen der Brauerei Zwanzger auf dem Kopf entzwei schlugen und den Streit ohne Einhalt und Achtung unbeirrt und halsstarrig vom Hundertsten ins Tausendste trieben, bis die beiden Hitzköpfe in ihren Blutlachen ruhten und dergestalt das Zeitliche segneten. Eine uralte Zwietracht aus den vierziger Jahren soll hier ihre unseligen Finger im Spiel gehabt haben.

Golleichter

Der 43-jährige Werkstoffprüfer Sven Golleichter wurde am Ortsrand des oberfränkischen Marktfleckens Dollackenhüll urplötzlich vom Erdboden verschluckt, als sich direkt unter seinem Schlafzimmer ein rund 30 Meter breites und 15 Meter tiefes Loch öffnete, so dass in dem naturgemäß drastisch eingebrochenen Erdreich infolgedessen Haus und Habe unwiederbringlich verschwanden. Der sich in Nachtruhe befindliche Bewohner wurde dabei nach einem noch gut hörbaren Aufschrei aufgrund unterirdischer Erdbewegungen und weiterer Absackungen von den Trümmern seines Wohnhauses unrettbar in den Tod gerissen. Dass Bodensondierungen und Probebohrungen einen solch verwüstlichen Einschlag generieren, mit dieser Nachgiebigkeit des Grundes und so einem unglimpflichen Ausgang, das kommt nur alle Jubeljahre einmal vor, erklärte der sichtlich mitgenommene Bürgermeister Anton Sulzmann.

Bölzenstein

In Bölzenstein feierten sie zum Wolfsmond wieder das Feuerscheinfest mit mittelalterlichen Gaukelspielen und Spektakeln. Tausende strömten in das liebliche fränkische Felsendorf. Unter Pauken- und Trompetenklang zogen als Ritter verkleidete Männer mit stattlichen Pferden zum Turnierplatz. Ihre Rüstungen glänzten im Geflacker der Pechfackeln. Grollende Gewitterwolken türmten sich am Nachthimmel empor. Da erhob der erste Kämpfer seine mächtige Lanze, stolz und streng wie der Recke Roland, als ein Blitzstrahl herniederzuckte und den gepanzerten Reiter vom Pferde schlug. Sobald man die rauchende, angerußte Rüstung abnehmen konnte, fand man nur einen verkohlten, verschmorten Klumpen, nicht größer als ein Hackstock. Das sollte ein Ritter gewesen sein, wunderten sich die Augenzeugen und Schaulustigen. Der Anblick spottete jeder Vorstellung.

Fronleichnam

Am Vorabend des Fronleichnamfestes putzte Alfons Leisgang aus Schluderstätt sein Auto, einen glänzenden, graubraunen Geländewagen vom Typ „Trailblazer“. Mit Fensterleder die Scheiben und den verchromten Schaltknüppel, mit Imprägnierspray das umlederte Lenkrad, mit Zahnbürsten die Felgen. Der Duft von Zitrus und Tannennadeln legte sich auf die Ledersitze. Der Christopherus am Rückspiegel erstrahlte im Abendlicht. Am folgenden Feiertag kam der passionierte Autofahrer von der spiegelnassen Straße ab und prallte gegen eine frischgestrichene Wand der heimatlichen Kläranlage. Das aalglatte Lenkrad war seinen feingliedrigen Händen für einen Moment entglitten, desgleichen das gereinigte Bremspedal dem jähen Zutritt seines Fußes, so dass Alfons Leisgang auf dem Weg zur Fronleichnamsprozession verunglückte. Unverhofft hatte er sich auf seine letzte Fahrt begeben. Die örtliche Zeitung traf danach mit ihrer Schlagzeile den Nagel auf den Kopf: „Tödlicher Autoputz – Offroader als Seelenverkäufer“.

Im heiligen Land

Die Deckenlampen im Gemeindeheim gingen aus und Pfarrer Geißelsöder begann seinen Lichtbildervortrag über das heilige Land. Jerusalem, Jericho, Nazareth, Bethlehem, der See Genezareth, der Garten Gethsemane, Golgatha – Foto für Foto wurde die biblische Geschichte vom Beamer an die Leinwand geworfen. Als das Licht wieder anging, blieben etliche Köpfe gesenkt. Nach einigen Erklärungen und Scherzen, nach Nachtgebet und frommen Wünschen machte sich die eindrücklich gesättigte Gemeinde auf den Heimweg. Nur einer blieb sitzen, das Haupt schwer auf der Brust. Da erstarb das letzte Lachen. Der zweite Bürgermeister Adolf Vitzthum stand nie wieder auf. Der erschütterte Pfarrer sprach von einer heimtückischen Herzgeschichte. Mit dem heiligen Land habe dies im Grunde gar nichts zu tun.

Rehbock

Die 22-jährige Bankkauffrau Chantal Kachelbrenner fuhr auf der Bundesstraße zwischen Dockenhüll und Queckenwinden, als sie auf Höhe des Walderlebnispfades „Schmeißgrub" mit ihrem Kraftfahrzeug ein Reh erfasste. Der Rehbock wurde aufgrund des wuchtigen Aufpralls durch die Luft geschleudert und traf den entgegenkommenden 45-jährigen Motorradfahrer Helmbrecht Göttelfinger am Kopf und Oberkörper, so dass der Controlling-Experte der Sportfirma Reebok mit seinen tödlichen Verletzungen einen hohen Blutzoll entrichten musste. „Stockvoll so ein Mordsding wenn man draufkriegt, ist es aus, das haut den stärksten Kerl um", sagte ein Polizeisprecher. „Da hat der Teufel Regie geführt, gar nix anders."

Sternsinger

Als Walter Nagengast sah, dass sich an Epiphanias die Sternsinger wieder seinem Haus in Niegelgschwend näherten, duckte er sich hinter den Vorhang und rührte sich nicht von der Stelle, um sich zu keiner Opfergabe genötigt zu sehen. „Die heiligen drei König, die mit ihrm Stern – die fressen die Zwetschger und scheißen die Kern!“ Bei dem alten Spottvers aus Kindertagen kicherte er sich ins Fäustchen. „Die meinen wohl, ich hobb an Geldscheißer!“ Ob all dies Ursach oder Beitrag gab, dass der alte Nagengast noch am dritten Tag danach kalt und unentdeckt unterm Vorhang lag, vermag keine sterbliche Seele zu sagen.

Elefant

Martin Dürrbeck hatte Schlackohren, große Hasenzähne und trug aus Vorliebe und Verblendung giftgrüne Hemden und kleinkarierte Bügelfaltenhosen. Nach Mitternacht pflegte er manchmal seine Zündapp KS 601 mit Seitenwagen aus dem Holzschupf zu holen und die halbe Nacht lang durch die finstere fränkische Landschaft zu fahren. Halsbrecherisch, schlafwandlerisch, Kardan Sport! Am nächsten Morgen wußte er von nichts mehr. Ihm selber ist auch nie etwas passiert. Doch wie viele Autofahrer hat die Feuerwehr nicht aus einem blechernen Haufen Schrott herausschweißen müssen! Die Überlebenden wollten einen grünen Elefanten gesehen haben. Aber natürlich schenkte ihnen kein Mensch Glauben.

Eichenholz

Der findige Wirt des „Lauringarten" in Himmelsbach hatte als ganz besondere Attraktion kunstvolle, lebensgroße Gips- und Holzfiguren zwischen den Tischen und Stühlen seines Ausflugslokals stehen. Sie zeigten fränkische Originale wie das „Bimberla von Laff" oder die „Glox Kunni". Die 1,70 Meter hohe Statue vom „Tod von Forchheim" weckte das Interesse des dreijährigen Sohnes von Sonntagsausflüglern aus der Stadt. Der Junge stieß wiederholt gegen das Standbild, so daß es schließlich ins Wanken geriet, umstürzte und das Kind unter sich begrub. Obwohl rettende Hände schnell zugegen waren, erwies sich der „Tod von Forchheim" als ein zu schweres und wahrhaft verhängnisvolles Kaliber.

Blaulicht

Aus einer Bierlaune heraus, getrieben von Heißhunger und Glust, verfiel der 37-jährige Unfallarzt Dr. Jeremias Markstein am Dienstende auf die Schnapsidee, zu später Stunde noch eine Pizza Diavolo extrascharf zu bestellen und abzuholen – und zwar mit Blaulicht und Martinshorn! Sein Notarztwagen geriet jedoch mit vollem Karacho auf die linke Fahrspur, entkam nur knapp einem Zusammenstoß mit einem Sattelschlepper und prallte schließlich gegen ein am Straßenrand geparktes Auto, in dem ein junges Pärchen eben dem Liebesspiel frönte. „Der Blutalkoholwert der drei Unfallopfer“, sagte ein sichtlich mitgenommener Polizist, „brachte es insgesamt auf beinahe fünf Promille! Da ist es dann kein Wunder.“

Sichling

Dass unser Leben an einem seidenen Faden hängt, das sagt man so leicht vor sich hin. Das weiß jeder mit einem Scherflein Verstand. Dass unser Leben von einer Tasse Kaffee abhängen kann, leuchtet keinem Menschen auf Anhieb ein, es sei denn, er ist nicht ganz bei Trost. Der Kaffeehauskellner Walter Sichling war so ein Fall. „Drinkmer a Schälla Kaffee?" So hat er einen immer gefragt in der plüschigen Witwenburg, dem Cafe Bölzner. „Schwarzweiße Tortenschaufel" nannten ihn manche boshaft. Einmal wollte Walter eigentlich eine Tasse Kaffee trinken, ging jedoch vorher zum Bankautomaten der danebenliegenden Sparkasse, den er zärtlich „Pekunia" nannte und zuweilen mit Rosenwasser beträufelte. Da betrat ein Bankräuber den Kassenraum, bedrohte die Anwesenden und erschoss zwei Kunden, bevor er unerkannt entkam. Einer der Toten war Walter Sichling. Hätte er sein „Schälla Kaffee" vorher getrunken, wäre er heute noch am Leben. Doch allem Anschein nach hatte ihn der leibhaftige Teufel über den Haufen geschossen, war geflohen mit zwei roten Augen und rauchendem Hinterteil, so dass es nach Schwefel und verschmortem Fleisch roch. Walter Sichling glaubte fest an solche Sachen, wie gut unterrichtete Greise verlauten ließen.

Hundsteinmüth

In der stockdunklen Sturmnacht des Steigerwalds befanden sich der Mundartdichter Egon Dengscherz und der Lokalreporter der „Fränkischen Landeszeitung", Klaus-Wilhelm Weinhold, auf dem Heimweg von einem feuchtfröhlichen Heimatabend im „Goldenen Baum" in Hundsteinmüth, als sie sich im strömenden Regen hoffnungslos verfuhren und verfranzten. Der „ongaschierte Schornalist" Weinhold, – der von sich sagte, er sei „außen rot wie Backstein, aber innen schwarz wie der Ruß" –, und der rechthaberische Heimatdichter Dengscherz, – dessen Leitspruch lautete „jeder Brocken und jeds Verschla muss sei wie a Schlooch aufs Ärschla" –, gerieten sich dabei dermaßen heftig in die Haare, dass ihr Wagen von der Straße abkam und in einem Wasserrückhaltebecken steckenblieb. Ihr Streit muss hitzig und handgreiflich ausgefochten worden sein, bis eine umstürzende Fichte auf ihr Fahrzeug aufschlug und dem Treiben ein jähes Ende setzte, d.h. die beiden Insassen vom Leben zum Tode beförderte. Heimatabende nehmen gerne eine fatale Wendung.

Bechodelmannsbrunn

Der fidele Rentner Karl Kobberlein saß am Stammtisch im Roten Roß von Bechodelmannsbrunn und gab der aufgekratzten Runde seinen vormittäglichen Arztbesuch zum Besten. Der Mediziner war zufrieden mit ihm gewesen und freute sich über die guten Werte seines Patienten. „Kerngsund! Mir fehlt nix! Etz hab ich a Zeitlang wieder mei Ruh, etz sicht mich so schnell ka Dokter mehr!" verkündete Karl Kobberlein mit rotglühenden Backen. Dann redete der angetrunkene Frührentner Wolfgang Hofmockel auf ihn ein, über Renten und Versicherungen, die Pharma-Mafia und die Terroristen, stundenlang. Als der Wirt noch einmal vorbeischaute, waren Karl Kobberleins Augen schon gebrochen. Sein entseeltes Starren war keinem Mitzecher aufgefallen, auch der verdutzte Hofmockel war sich keiner Schuld bewusst. Soviel zum Zustand unserer Stammtische und Schulmediziner.

STAMMTISCH

Abendruh

Ein dunkles Tier, das Bewohner eines Altenheims im oberfränkischen Nonnenwind unruhig vor dem Gebäude hin und her laufen sahen und für einen schwarzen Hund hielten, entpuppte sich als ein ausgewachsenes Wildschwein. Das nahm urplötzlich Anlauf, stürmte die Treppe zum Seniorenzentrum „Haus Abendruh“ hinauf, hebelte die gläserne Eingangstür auf und sauste an den verdutzten Heiminsassen vorbei in den Flur. Eine hochbetagte Bewohnerin stürzte vor Schreck mit ihrem Rollstuhl eine Treppe hinunter und zog sich dabei tödliche Verletzungen zu. Nachdem das Wildschwein das Gebäude durch den Hinterausgang verlassen hatte, randalierte das wütige Tier an der Raucherecke im Freien, wo es eine Pflegekraft ins Visier nahm, die sich gerade noch ins Gebäude retten konnte und von innen die Glastür zuhielt und verriegelte, gegen die das Wildschwein mehrmals sprang, bevor es sich ein neues Ziel auserkor. Der 63-jährige Gärtnereihelfer Bertram Belzer, der eben im Grünbereich des Seniorenzentrums die Äste eines großen, alten Obstbaumes absägen wollte, verlor durch den heftigen Anprall des Wildschweins gegen seine Aluminiumleiter das Gleichgewicht und stürzte fünf Meter in die Tiefe, so dass er noch an der Unfallstelle verstarb. Das Tier galoppierte anschließend in Richtung des angrenzenden Waldes davon. Welches Lied das Schicksal mit diesem Fall singen wollte, davon kennen wir weder Wort noch Weise.

Jagdgründe

Heute hat man das Leben in Fülle, morgen ist man eine sterbliche Hülle. Davon gibt der folgende Fall ein bestürzendes Zeugnis. Der 65-jährige Zahnarzt und Jäger Hubert Holleiner wollte zusammen mit seinem Jagdhelfer, dem 67-jährigen Ottmar Bletzer, im Revier Schmachtenloh nahe Keeficht einen neuen Hochstand errichten. Zu diesem Behufe standen beide auf einem leistenstarken Trittbrett in etwa drei Metern Höhe, um das hölzerne Bauwerk hinlänglich zu sichern. Aufgrund unübersehbarer Gewichtsungleichheiten, die den schmächtigen Jagdhelfer gegenüber dem beleibten Waidmann deutlich ins Hintertreffen stellten, geriet der Hochstand in Schieflage und kippte um, so dass beide Männer schlagartig zu Boden stürzten. Dabei fiel die Kanzel des Jägerstands mit solcher Wucht auf die Brust des 68-jährigen Mediziners, dass er schwerstverletzt noch an der Unfallstelle zu seinem letzten Atemzug gelangte. Der ebenfalls angeschlagene 67-jährige Jagdhelfer steigerte sich angesichts der Tragödie dermaßen in die Kalamität hinein, dass ihn massive Herzschmerzen überfielen. Dennoch konnte er per Handy noch Notarzt und Krankenwagen verständigen. Diese benötigten allerdings geraume Zeit, bis sie zum idyllisch gelegenen, doch unwegsamen und verwunschenen Unglücksort im Schmachtenloher Wald gelangten. Beim Eintreffen der Rettungskräfte blieb ihnen nichts anderes mehr übrig, als den Tod der beiden Waidmänner und Revierfreunde festzustellen, denen ein Jägerstand die irdischen Schranken aufgewiesen hatte.

Bohrfutter

In den späten Abendstunden betrat der 47-jährige Werkzeugmacher Lothar Reitelholz aus Kaltendrosselfeld seine Garage, wo er sich eine Hobbywerkstatt eingerichtet hatte. Dort bohrte er mit einer Standbohrmaschine Löcher in ein Kantholz. Dabei verfing sich der linke Ärmel seines Hemdes im Bohrer, riss dieses bis zum Kragen auf und drehte es zu einem Strang zusammen. Gleichzeitig wickelte es sich mit solch einer Kraft um das Bohrfutter, dass der leidenschaftliche Heimwerker unweigerlich zu Tode stranguliert wurde. In den frühen Morgenstunden erst fand ihn seine Frau tot vor der Werkbank sitzen. Die Standbohrmaschine Ultra 1000 mit ihrer integrierten Kühlmittelpumpe funktionierte noch einwandfrei. In Fachkreisen gilt sie als „der Bohrgigant schlechthin“: „Hier vereinen sich Kraft und Technologie und gehen eine harmonische Symbiose ein“, heißt es im Prospekt des Herstellers.

Dollackenhof

Als die 74-jährige Edwina Derrfuß aus Dollackenhof das Müllauto an ihrem Haus vorbeifahren sah, fiel es ihr siedendheiß ein: Sie hatte vergessen, ihre Mülltonne vor den Gartenzaun zu stellen! Geschwind lief sie hinaus und schob die gut gefüllte Tonne vor sich her, im Schlepptau des enteilenden Wagens. Aus unerfindlichen Gründen blieb sie am Heck des Müllautos hängen und stürzte. Die Frau wurde mitgeschleift und erst nach etlichen Tonnenleerungen entdeckt. Da hatte sie bereits die allertödlichsten Verletzungen davongetragen. Der geschockte Fahrer Boris Giebelspitz sprach von einem „ganz schönen Schlamassel“.

Fröschensprung

Der 43-jährige Bademeister Eberhard Reitzenstein wurde im mittelfränkischen Fröschensprung von einer Metzgereifachverkäuferin im besten heiratsfähigen Alter unter dem Vorwand einer entdeckten Untat in einen Umkleideraum gelockt, wo sie kurzerhand die beiden Türen verschloss und mit ihrem wahren Begehr nicht lange fackelte: Er solle „mit seiner Mannheit ein Exemplar an ihr stationieren"! Die liebestolle Badekundin, die sich kurz vor der Hochzeit wohl noch einmal so richtig austoben wollte, ging dem überrumpelten Mann fachkundig an die Wäsche, bemächtigte sich seines delikaten Stückes und wollte sich daran gütlich tun. Die Attacke war dermaßen massiv, dass sich der völlig verdutzte Bademeister dem zudringlichen Treiben der Unholdin nur dank seiner geballten Körperkraft erwehren konnte, die Frau gegen ein Waschbecken schleuderte, dabei jedoch selbst so unglücklich ausrutschte, dass er unkontrolliert auf dem feuchten Fliesenboden aufschlug. Den Rettungskräften bot sich ein Bild des Grauens.

Kirchröhrenbrunn

Eine Fliege tut keinem was zuleide, heißt es. Weit gefehlt, möchte man da einwerfen. Als Egon Brummer, ein Buchhalter aus Kirchröhrenbrunn, auf der Heimfahrt von der Arbeit eine heimtückische Mistmücke, die ihm fortwährend frech und unverschämt vor dem Gesicht herumflog, zu verscheuchen bzw. zu vernichten versuchte, da kam er im Zuge enthemmter Handgreiflichkeit mit seinem Pkw von der Straße ab, überschlug sich und prallte gegen einen Laternenpfahl, so dass er dabei u.a. sein rechtes Auge einbüßte. Jahre später befand sich der passionierte Drahteseltreter auf einem Fahrradausflug, als eine Fliege sich hinter seine Schutzbrille verirrte und ihm auf so ärgerliche Weise vor dem linken Auge herumsurrte, dass er gegen eine Bordsteinkante fuhr, über die Lenkstange geschleudert wurde und beim Aufprall mehrere Rückenwirbel entzwei sprangen. Was aber dem Unfassbaren die Krone aufsetzte, war das Verhängnis, dass wiederum drei Jahre später der querschnittgelähmte Rollstuhlfahrer Egon Brummer nach einer komplizierten Operation am folgenden Morgen leblos in seinem Klinikbett lag und die Obduktion den schier unglaublichen Verdacht nahelegte, dass er erstickt sein musste, da man in der Luftröhre eine in einem zähen Schleimbatzen festsitzende Stubenfliege fand. Man sieht also: Zuweilen haben Fliegen ganze Menschen auf dem Gewissen!

Backengrub

Der Kutter-Loni aus Backengrub setzte sich beim Einsteigen in seinen Diesel-Daimler auf ein von ihm selbst auf dem Fahrersitz zurückgelassenes Fleischermesser, welches sich der 57-jährige Metzgermeister dermaßen unglücklich ins Gesäß rammte, daß er dabei die Beinschlagader verletzte und binnen weniger Minuten unaufhaltsam daran verblutete. „Des geht mir doch alles am Orsch vorbei", sollen seine letzten Worte gewesen sein. Die Nachbarn schwören Stein und Bein, in den angrenzenden Ställen ein vielstimmiges, schadenfrohes Grunzen gehört zu haben.

Olbersding

Heißhunger und Fleischgier können beim unsachgemäßen Verzehr leicht zum Verhängnis werden. Die Feuerwehr in Olbersding veranstaltete ihr traditionelles alljährliches Sommerfest mit Grillfeier, zu dem die Bevölkerung wie immer in Massen strömte. Der 37-jährige Paul Dotenweck hatte sich soeben etliche Bissen eines tüchtigen Hacksteaks einverleibt, als er mit Röcheln und Würgen kundtat, dass er sich an einem fünf Zentimeter großen Fleischbrocken verschluckt hatte, der in der Luftröhre unabänderlich festgeklemmt war. Aufgrund seines wilden Gestikulierens und seines starren Glotzens wurden andere Gäste auf seine verzwickte Lage aufmerksam und erkannten, dass das an lebensbedrohlicher Atemnot leidende Opfer verzweifelt nach Luft rang. Neben seinem lautstark bellenden Hund „Django“ sackte der Mann schließlich ohne Bewusstsein zu Boden. Eilends herbeigerufene Rettungskräfte versuchten mit letztem Einsatz, die Tragödie zu verhindern, doch vergeblich. Der 37-jährige Werkstoffprüfer war an dem hastig und unbedacht verzehrten Leckerbissen erstickt. Der liefernde Metzger wies jede Vermutung, das Fleisch sei möglicherweise etwas zäh, zu trocken oder etwas sehnig gewesen, mit aller ihm gebotenen Schärfe weit von sich: „Wenn die Leit zu bleed zum Essen sinn, dann is ihna nämmer zu helfen, na is eh alles zu spät!“

Häftelmacher

Ein treues, liebes Haustier ist der beste Freund des Menschen, heißt es. Dass jedoch gerade diese Quelle der Freude auch zur Ursache bösen Unheils werden kann, lässt sich nicht leicht begreifen. Der 71-jährige Alfred Häftelmacher aus dem oberfränkischen Mailedda war mit seinem reinrassigen Riesenschnauzer „Spaggo“ beim Gassigehen im Schnee, als der kräftige, spielfreudige Hund von hinten urplötzlich nach vorne rannte, wobei sich die reiß- und beißfeste Leine unverzüglich um die Beine seines Herrchens wickelte und den überrumpelten Rentner unversehens ins Straucheln brachte. Unglücklicherweise brachte dieses Malheur den herumtollenden Hund erst so richtig in Fahrt, woraufhin sich die Leine zusätzlich um den Oberkörper und zu guter Letzt auch um den Hals des Halters schlang. Aus unerfindlichen Gründen rannte das sichtlich aufgeregte Tier über ein weitläufiges Schneefeld und durch ein Flurgehölz, wobei es sein Herrchen ohne Einhalt und Rücksicht hinter sich her schleifte. Als der erschöpfte und jaulende Hund später von Spaziergängern im Unterholz gesichtet wurde, war der Rentner bereits von der Leine stranguliert worden. So wurde ein ahnungsloser Hundebesitzer von seinem eigenen Haustier, für alle unfassbar, in den Tod gerissen.

Filmriss

In der Hardcore-Kneipe „Katha Kombe“ im oberfränkischen Klobenreuth warteten etliche hundert jugendliche Zuhörer, die meisten mit gefärbter Haartracht, Stachelbändern und zerfetzten Klamotten als Punkfans erkenntlich, auf den Auftritt der berüchtigten Skandalrocker „Filmriss“ aus Knüpfelgschwend. Als Gringo, der Leadsänger des Quartetts, kurz vor Mitternacht mit einem Aufschrei die Bühne betrat und zum Mikrofon griff, brach er auf der Stelle bewusstlos zusammen. Der metallene Ständer stand unter Strom und der ausgelöste Kurzschluss hüllte das gesamte Gebäude in völlige Finsternis. Aus missverstandener Begeisterung johlte, buhte und brüllte das Publikum, bis der Stromausfall behoben war. Der nunmehr leblose Lehrersohn Felix Gackstetter, genannt Gringo, hatte einen unvergesslichen Auftritt hingelegt und wurde mit stehenden Ovationen ins Jenseits verabschiedet.

Frankenstrasse

Ronja Roßnagel war ein außergewöhnliches Mädchen. Sie hatte ihren eigenen Stil: kurze Igelfrisur, dunkel getönte Haare, ein kantiges, hartes Gesicht, einen kräftigen Köper und ein betont männliches Outfit. Eine herbe Schönheit. Sie ging ohne Handtäschchen und Lippenstift in die Kneipen, sie ging stets alleine aufs Klo und saß im Café meist ohne Freund oder Begleiterin. Sie rauchte keine Light- oder Menthol-Zigaretten, aß nichts Fettarmes und verabscheute koffeinfreien Kaffee. Sie las keine Hochglanz-Illustrierten über Stars und Diäten, Mode und Models, Schmuck und Schminken. Nichts dergleichen. Manchen Männern wünschte sie sogar, Opfer einer Genitalverstümmelung zu werden. Warum ausgerechnet sie in der Station Frankenstraße von dem sturzbetrunkenen Clubfan Kevin Nüchterlein aus Versehen vor die einfahrende U-Bahn gestoßen wurde, muss wohl ewig ein Rätsel bleiben.

Delaröck

Der 89-jährige Sigwart Delaröck setzte sich um neun Uhr früh in Erlangen in den Zug nach Forchheim, um einen Ausflug in die Fränkische Schweiz zu unternehmen. Auf der Strecke erlitt er einen Schlaganfall und blieb regungslos im Abteil sitzen. Da offensichtlich weder Passagiere noch Bahnpersonal seinen Zustand bemerkten, reiste der alte Mann vier Stunden lang zwischen Nürnberg und Bamberg hin und her. Erst um 13 Uhr wurde in der Domstadt jemand auf den Rentner aufmerksam und informierte den Bundesgrenzschutz. Die Beamten kontaktierten die Familie des Mannes und teilten mit, dass dieser hochgradig verwirrt sei. Dann setzten sie den 89-jährigen wieder in den Zug nach Erlangen, wo ihn sein Sohn abholen wollte. Doch als der Zug am Bahnsteig einlief, konnte der Wartende seinen Vater nirgends entdecken und vom Personal war niemand anwesend, der ihm Auskunft geben konnte. Also rollte die Bahn nach wenigen Minuten Aufenthalt wieder an – mit dem Schwerkranken an Bord. Der saß dann noch einmal vier Stunden im Abteil, bis ihn sein Sohn schließlich in Neumarkt in der Oberpfalz in Empfang nehmen konnte, wenn auch verblichen und verschieden. Zu lange Zugfahrten zeitigen oft unselige Folgen.

Konsalik

Die 77-jährige Edwina Engelbrecht aus der Landgrabenstraße entrümpelte im Schlafzimmer die von ihrem unlängst verstorbenen Ehemann Germann hinterlassene, umfangreiche Sammlung vergilbter und reichlich verstaubter Konsalik-Bände. Die ungeheuere Büchermenge war bereits vollständig weggeschafft, als sie sich anschickte, auch gleich den großen Kleiderschrank gründlich zu durchforsten. Im Zuge dieser Reinigungs- und Entrümpelungsaktion geschah es unvermutet, dass das ungeliebte Bücherregal des Gatten umfiel und die Witwe im geräumigen Kleiderschrank einschloss, dessen Türen nunmehr von außen vollständig verriegelt waren, so dass die darin jämmerlich umgekommene Rentnerin erst nach Wochen entdeckt wurde. Für die Hinterbliebenen war klar: Hier handelte es sich um die nachträgliche Rache eines leidenschaftlichen Konsalik-Lesers.

Egelseer

Beim Wasserholen für seine Enten und Hühner wurde der 67 Jahre alte Landwirt Edwin Egelseer in Siechdimpfelreuth in den nassen Tod gerissen. Der Altsitzer, der das teure Fernwasser tunlichst zu vermeiden suchte und lieber kostenfreie Hausbrunnen und natürliche Quellen in Anspruch nahm, rutschte am abschüssigen Uferhang aus und stürzte in den vom Hochwasser angeschwollenen Scheckenbach, der unmittelbar an sein Grundstück angrenzt. Wenig später wurde der auf den trüben Wasserfluten treibende Körper des Rentners von seinem Schwiegersohn Reinhard Volland entdeckt, der als bekennender Nichtschwimmer für die rasche Rettung jedoch nicht zum Einsatz gelangen konnte. Flugs herbeigeeilte Nachbarn und Feuerwehrleute konnten den verunglückten Tierfreund nurmehr als Leichnam an Land ziehen. Das unter Schock stehende Federvieh musste zur Gänze notgeschlachtet werden.

Rumsengrub

Der nackte Schreck stand dem 79-jährigen Rentner Waldemar Werzball ins Gesicht geschrieben, als er am Morgen beim Gassigehen mit seinem Rauhaardackel „Stenz" in einer Lichtung im Freizeitgehölz bei Rumsengrub in einem geparkten Auto die unbekleideten Leichen eines jungen Liebespaars entdeckte. Das tief eingeschneite Kraftfahrzeug diente dem 23-jährigen Dennis Wackernagel und seiner 19-jährigen Freundin Natascha Harnischfeger als Liebeslaube für ihr nächtliches Schäferstündchen. Wohl aufgrund der winterlichen Kälte frönten sie ihrem Lustspiel bei laufendem Motor. Durch einen Defekt, eine Blockade durch Eis und Schnee oder die Heizung, die die giftigen Abgase ansaugte und ins Wageninnere leitete, starb das Pärchen aus dem oberfränkischen Dockenhüll während des Liebesakts im Auto an einer Kohlenmonoxid-Vergiftung. Nur selten hauchen junge Autofahrer ihr Leben so friedlich und gewissermaßen wie im Schlaf aus.

Siechkobelschwärz

In der oberfränkischen Ortschaft Siechkobelschwärz kam es im Anschluss an ein Konzert des bekannten Sängers Mani Mangold zu einem folgenschweren, fatalen Unfall. Der 27-jährige Pyrotechniker Timo Schickelmann sollte sich danach um das Abbrennen eines Feuerwerks kümmern. Dabei stolperte er über eine hinter ihm stehende Kiste, in der ein Feuerwerkskörper hochging. Dieser schlug in eine weitere Kiste unmittelbar vor dem 27-Jährigen ein. In dieser wiederum entzündete sich eine Rakete, die dem Mann von unten in seine Feuerschutzjacke drang und explodierte. Dadurch erlitt er bereits schwere Verbrennungen an Bauch und Brust. Da er danach vollkommen unkontrolliert zu Fall kam, gingen aufgrund einer Verkettung unglücklicher Umstände drei weitere Knallkörper und Raketen in die Luft, die dem Körper des Mannes noch weitergehende Verletzungen zufügten, so dass er durch die Folgen dieser Feuerwerksfatalität vom Tod aus dem blühenden Leben jäh herausgerissen wurde.

Länderspiel

Die 82-jährige Gunda Schnappauf aus der Zwickauer Straße war auf ihrem Balkon stundenlang hilflos in einer schadhaften Gartenliege eingeklemmt. Beim Ausruhen nach dem Hausputz war der Stoff gerissen, zwei Leisten zerbrochen und sie selbst unauflöslich ins Gestell der Liege verheddert und verkeilt. Wegen der Siegesfeier nach dem Länderspiel verhallten ihre Hilfeschreie ungehört, so dass sie schließlich den Strapazen ihrer verzweifelten Lage völlig entkräftet erliegen musste. Ihr 84-jähriger Ehemann verfolgte zwar die Fußballübertragung im angrenzenden Wohnzimmer, konnte allerdings aufgrund des Grades an Alkohol und Schwerhörigkeit dem Vorfall keinerlei Beachtung mehr schenken, geschweige denn seine Frau aus ihrer fatalen Verlegenheit befreien.

Laurenzitränen

Drei Nürnberger Sport-Kabrios lösten bei Galldimpfelbrunn eine Verkehrstragödie mit mehreren Todesopfern aus. Bei Einbruch der Nacht blieben die drei Autos mitten auf der Straße stehen, weil sie am Himmel funkensprühende Sterne und Sternschnuppen beobachtet haben wollten. Die jungen Leute küssten sich, lachten und lärmten, tranken aus mitgeführten Flaschen und starrten mit empor gereckten Hälsen hinauf zu den sogenannten Laurenzitränen am Firmament. Ein herankommendes Tankfahrzeug der Molkerei Oberdolding erkannte die Positionsleuchten der Sterngucker zu spät und stieß mit der Wagengruppe zusammen. Die Einsatzbeamten glaubten, sich in einem Kinofilm wiederzufinden: rauchende Blechhaufen auf einer weißglänzenden Milchstraße.

Möbelriese

Der 59-jährige Franz-Josef Herdegen ging mit seiner Frau zum örtlichen Möbelriesen, um dort die Musterschlafzimmer in Augenschein zu nehmen. Beim Probeliegen in der Schlafzimmerlandschaft „Bermuda“ stieß er gegen die Metallstange einer Designerlampe, die über dem Bett hing, und rammte sich den herausragenden Metallstab unglücklich ins linke Auge. Als er versuchte aufzustehen, schlug er mit dem Kopf gegen eine geklappte Spiegeltür und blieb blutüberströmt am Boden liegen. Die eingetroffenen Sanitäter trugen den Verunglückten auf einer Bahre zum Rettungswagen. Beim Anhören des geschilderten Vorfalls kamen sie jedoch vehement und lauthals ins Lachen, so dass sie den Verletzten abrupt fallen ließen. Der Aufprall auf den Eingangsstufen fügte dem Möbelkäufer die letzten Endes tödlichen Schädelverletzungen zu. Dem Kundenandrang des Möbelhauses hat das Ereignis keinerlei Abbruch getan.

Schlassenhofen

Der „Midsummer Beach Groove“ am Kullupfer Baggersee, der sommerliche Grill- und Tanz-Event des Sportvereins Schlassenhofen, endete in einer mitternächtlichen Tragödie. Aus bisher ungeklärtem Beweggrund kam der 19-jährige Raffael Bammbutzer zu vorgerückter Stunde auf die abwegige Idee, im Sandgebiet am Rande der Wasserfläche ein tiefgründiges Loch zu graben. Der talentierte Leistungsschwimmer nahm dafür auch Hilfsmittel aus dem nahen Vereinshaus in Anspruch, so etwa eine Schaufel und einen Eimer. Nach vollendeter Grabungsarbeit sprang er von einer daneben liegenden Geländeerhöhung „aus Jux und Tollerei“, wie es ein Zeuge gegenüber den Einsatzkräften später formulierte, in das selbst geschaffene Loch, blieb im nachgebenden sandigen Untergrund stecken und konnte sich aus eigener Kraft nicht mehr befreien. Bevor er aus seiner ebenso misslichen wie bedrohlichen Lage gerettet werden konnte, rutschte der Sand nach und begrub den jungen Mann unter sich, so dass dieser keine Hilferufe mehr zu Gehör bringen konnte.

Der Partytrubel am See tat ein Übriges, um das Übel zu verschlimmern. Der versunkene Körper des 19-Jährigen konnte deshalb erst zwei Stunden später geborgen werden, nachdem der Tod ihm bereits seinen letzten Lebenshauch geraubt hatte. Wenn der Leichtsinn eine Grube gräbt, fällt vielleicht auch dem Schutzengel nichts mehr Vernünftiges ein. Diese Lektion konnte man dem fatalen Fall unschwer entnehmen.

Spähorschel

Aus heiterem Himmel kann jeden von uns der merkwürdigste Schicksalsschlag treffen. So geschah es dem 72-jährigen Besitzer einer Schrebergartenhütte der Kolonie „Spähorschel“ in der Nähe von Gatzhausen im Landkreis Gilfingen. Der rüstige pensionierte Finanzbeamte Baldur Huckelketzer übernachtete in seinem Holzhaus und schlief tief und fest, als ein Brand ausbrach, dem der passionierte Hobbygärtner zum Opfer fiel und dessen Ursache lange im Verborgenen blieb. Die Ermittlungsbeamten fanden weder Indizien für einen elektrischen Defekt noch Spuren eines Brandbeschleunigers. Nach Beobachtungen von Zeugen war jedoch unmittelbar vor dem Feuer eine ungewöhnliche Leuchterscheinung am Himmel zu sehen, die sich als kleiner glühender Körper Richtung Boden bewegt hatte. Erst die Sternwarte am Lugenbuckel brachte Licht in den mysteriösen Fall. Experten teilten mit, dass sich die Erde zur Ereigniszeit in der Nähe eines Meteoritensplitterfeldes befand und der Eintritt von Partikeln in die Erdatmosphäre durchaus zu erwarten war. Diese glühenden Kleinstgesteine können vereinzelt bis zum Boden gelangen und durch ihre enorme Hitze im Nu einen Brand auslösen. So ein mysteriöser Einschlag eines vielleicht bloß staubkorngroßen Absprengsels aus den dunklen Tiefen des Universums muss dem ahnungslosen „Best-Ager“ Baldur Huckelketzer zum Verhängnis geworden sein. Alles Gute kommt von oben, dieses Sprichwort erwies sich als bitterböser Spott des Schicksals.

Fleischjünger

Feuchtfröhliche Grillfeiern sind häufig Ursache verwünschter Schicksalsschläge. Der 21-jährige Oliver Scheithauer und sein 23-jähriger Freund Henrik Hollerfleck bereiteten auf einem Balkon in Bletzenbölz eben ihre Holzkohlenglut vor, als sie einsehen mussten, dass der Flüssiggrillanzünder nicht den richtigen Brand zu entfachen vermochte. Ungehalten ob der dürftigen Qualität dieses Produktes versuchten die beiden Fleischjünger dem qualmenden Elend mit einem Becher Benzin als Brandbeschleuniger nachzuhelfen. Dabei gab es eine Stichflamme, weshalb dem geschockten 21-jährigen Anzünder der Becher aus der Hand fiel. Im hellen Schreck ließ auch sein 23-jähriger Kompagnon den Kanister, in dem sich mehrere Liter Benzin befanden, zu Boden fallen. Das brennende Benzin lief über den Balkon auf das im Hof darunter parkende Fahrzeug des 23-Jährigen, das lichterloh zu brennen anfing. Das Auto seines Freundes sowie eines weiteren Besuchers, die daneben standen, wurden ebenfalls im Handumdrehen ein Raub der Flammen. Inzwischen hatte das Feuer auch von den beiden Grillmännern Besitz ergriffen, die jämmerlich dem heißen, verzehrenden Element zum Opfer fielen. Jede Hilfe kam zu spät. Die geschockten Partygäste konnten nicht mehr eingreifen und wurden anschließend psychologisch betreut. Dabei muss auch in erheblichem Maße dem Alkohol zugesprochen worden sein, so dass es im Nachgang der Feier zu einem weiteren mysteriösen Todesfall kam. Auf dem Heimweg von der feuchtfröhlichen Feier durchquerte der 22-jährige Bauzeichner Dustin Haberstumpf nämlich am frühen Morgen einen Vorgarten. Als er über den angrenzenden Zaun hüpfte, übersah der junge Springinsfeld aus Kaltenbrand offenbar, dass sich dahinter ein drei Meter tiefer Kanal befand. Der Mann stürzte in die schmale Betonrinne. Er wurde erst nach etlichen Stunden tot aufgefunden.

Clubfans

Man kann nicht energisch genug warnen vor allzu ungestümen Gesten unter fußballbegeisterten Freunden, zumal im Einflussbereich von alkoholischen Getränken. Der 39 Jahre alte Clubfan Laurenz Grindhauser und sein 44-jähriger Sportsfreund Jens Speierling schauten in der Gastwirtschaft „Goldene Schaufel" in Schlemsenhart ein Bundesligaspiel ihres Lieblingsvereins. Als der Club in der zweiten Halbzeit den Führungstreffer erzielte, ließen sich die beiden Fans, die sich jeweils auf dem Weg zur bzw. von der Toilette befanden, zu einer übermütigen Umarmung hinreißen und fielen sich freudetrunken um den Hals. Dabei musste der 44-Jährige einen Ausfallschritt nach hinten vollführen, stolperte und stürzte im Verbund mit seinem Freund durch eine nicht ausreichend gesicherte Holztüre eine achtzehnstufige Treppe hinunter in den Keller. Für die beiden Fußballanhänger kam jede Hilfe zu spät. Ungeachtet des Spielausgangs und der verbesserten Tabellensituation des Clubs muss hier von einer ungeheuerlichen Tragödie gesprochen werden.

Moggelhutz

Wer leichtfertig sein Mütchen kühlen muss, dem liefert der Tod schnell eine frostige Antwort. Der 18-jährige Leonardo Lendenbeiß aus Moggelhutz wollte mit zwei Freunden durch eine waghalsige Mutprobe im Internet für Furore sorgen. Seine zwei gleichaltrigen Freunde Dominik Dachreiter und Vincent Fellbrenner banden ihren Kompagnon mit Klebeband an ein Spielplatzkarussell, brachten das Spielgerät mit Hilfe eines Autos gefährlich schnell ins Drehen und filmten das gesamte Geschehen mit Kameras. Das sichergestellte Material zeigt eindeutig, wie das Opfer aus dem Karussell geschleudert wurde, mehr als 15 Meter durch die Luft flog und in einem nahen Gehölz mit schweren Kopf- und Rückenverletzungen zu Tode kollidierte. Der tollkühne „Stunt“ geschah in Anlehnung an die US-Serie „Jackass“, in der professionelle Schauspieler mitunter halsbrecherische Aktionen, Experimente und Manöver ausführen, und sollte auf YouTube eingestellt werden, um möglichst viele Clicks und Likes zu erhalten. Leichtsinn in Tateinheit mit Medienmissbrauch bricht einem im Handumdrehen das Genick.

Bundscheck

Nicht wenige Navigationsgeräte haben unaufmerksamen Autofahrern schon einen verhängnisvollen Streich gespielt. So auch dem 30-jährigen Benny Bundscheck, der im Botzelstocker Forst nachts blindlings der verführerischen Computerstimme seines „Trailscout"-Wegweisers folgte, die ihn buchstäblich in eine tödliche Falle lockte. Der Fahrer war von seinem Navi im Raum Megingaudach zunächst auf einen Feldweg, dann schnurstracks über eine Schotterpiste und schließlich über aufgeweichten Waldboden gelotst worden. Als sein Weg über eine Steintreppe auf einen Weiherdamm führte, dürfte Bundscheck geahnt haben, dass sein Gerät fehlerhafte Angaben übermittelte. Dennoch fuhr er noch unverzagt weiter, bis sein Wagen an einem Abgrund 5 Meter nach vorne in die Tiefe stürzte und er Bekanntschaft mit dem eiskalten, Schmelzwasser führenden Seelbach machte. Völlig klar muss Bundscheck der Irrtum seines Navigationsgeräts spätestens dann gewesen sein, als er mit der vorderen Hälfte seines Wagens im Fluss zum Stehen kam. Der 30-Jährige wurde durch den Aufprall herausgeschleudert, landete im Wasser und ist vermutlich ertrunken. Das unerschütterliche Vertrauen in technische Geräte kostet Jahr für Jahr zahllosen Nutzern Kopf und Kragen.

Weissfriesel

Bei einem Übermaß an Sicherheit führt der Tod besonders gerne Unheil im Schilde. Diese endgültige Lektion wurde dem 73-jährigen Maschinenbauingenieur Weking Weißfriesel vom Schicksal erteilt, als er im oberfränkischen Frettenreißach sein Ferienhaus in der Wochenendsiedlung am Schinderbuck betreten wollte. Zur Abwehr von unliebsamen Eindringlingen und raubgierigen Einbrechern hatte sich der findige Rentner eine technisch ausgereifte Schussanlage gebaut, die zur Abschreckung und Selbstverteidigung dienen sollte. Das Betreten der Fußmatte vor der Haustür aktivierte einen elektrischen Impuls, der Schüsse aus einem oberhalb der Eingangstür einmontierten Gewehr auslöste. Mit einem gut versteckten Schalter konnte das System deaktiviert werden, doch hat dies der als äußerst vorsichtig und misstrauisch geltende Rentner offenbar vergessen. Er war auf der Stelle tot. Ein Gärtner der Feriensiedlung entdeckte später die Leiche, wurde dabei jedoch ebenfalls von zwei Kugeln in Arm und Bein getroffen. Der als halsstarrig bekannte Maschinenbauingenieur war in der Vergangenheit wiederholt wegen der eigenmächtig installierten, gefährlichen Selbstschussanlage mit den Nachbarn in der Wochenendsiedlung in Streit geraten. Nicht wenige sprachen deshalb im Nachhinein von einer gerechten Strafe von oben.

Taubenschlag

Jakob Vogt, den man landläufig nur den Tauben-Vogt oder schlichtweg den „Daum-Gobl“ nannte, besuchte regelmäßig den Forchheimer Taubenmarkt. Dieser ausgewiesene „Vogelgoogerer“ begutachtete das feilgebotene Federvieh, prüfte die Flügel, den Bau und die Zeichnung, und kaufte sich so seine passenden Paare zusammen. Als er jedoch später im heimischen Taubenschlag erkennen musste, dass alle seine frisch erstandenen Pärchen bloße Tauber waren, die sich nur nichtsnutzig und dämlich anruggerten, da ergriff ihn Ingrimm und Weißglut dermaßen am Schlafittchen, dass er tobte und wütete wie ein blutrünstiger Marder, bis er rücklings die Stiege hinunterfiel und kläglich zu Tode stürzte. Als man ihn fand, saßen 37 Tauben auf seinem leblosen Leibe und ruggerten ein erhebendes Trauerlied.

Glotzenhieb

Gedankenloser Musikgenuss ist leichtsinnig und lebensgefährlich, er kann sogar tödlich sein, wie ein junger Mann im östlichen Westmittelfranken schmerzlich erleben musste. Beim Aufsprühen von Graffiti auf Waggons und an Gebäuden ist der 17-jährige Leon Rollwenzel, in der lokalen Sprayer-Szene als „Lee Roy" einschlägig bekannt, auf dem Bahnhof von Glotzenhieb vom Sog eines mit 100 Stundenkilometern vorbeifahrenden Güterzuges erfasst, naturgemäß mitgerissen und vom Leben zum Tode befördert worden. Eine eklatante Mitschuld an dieser durch Unachtsamkeit herbeigeführten Tragödie trägt das zügellose Musikhören, das junge Menschen von ihrer Umwelt völlig abschottet und auf gefährliche Weise isoliert. So ist es nicht verwunderlich, dass am Unfallort ein iPhone und die dazugehörigen Kopfhörer gefunden wurden, die genetisch zweifelsfrei dem Zugopfer zugeordnet werden konnten. Ein Fremdverschulden ist eindeutig auszuschließen. Es bleibt nur zu hoffen, dass dieses warnende Beispiel viele Musiksüchtige eines Besseren belehrt und ihnen die Augen und Ohren ein für alle Mal öffnen kann.

Überzwerch

So manches Stelldichein hat ein bewegtes oder gar bewegendes Ende. Ein unliebsames Nachspiel hatte auch das Schäferstündchen eines jungen Paares in einem Auto am Mainufer zwischen Heemerdreem und Überzwerch.

Der 20-jährige Linus Raffelscheit hatte es sich dort mit seiner 17-jährigen Freundin Larissa Schellmatz nach einem nächtlichen Diskothekenbesuch in ihrer mobilen Lustlaube gemütlich gemacht, als sich der Wagen durch das Liebesspiel unversehens in Bewegung setzte und über einen leichten Abhang eine abschüssige Rampe in den Main hinunter rollte, um vollkommen im Wasser zu versinken. Wohl infolge des Genusses von Alkohol und weiterer berauschender Substanzen konnten sich die beiden Insassen nicht mehr aus ihrem Gefährt befreien. Sie wurden letzten Endes beide tot geborgen, alle eingeleiteten Wiederbelebungsmaßnahmen verliefen im Sande. Die Stelle am Main, die als besonders romantischer Anziehungspunkt für Ausflügler und Freizeitgäste gilt, musste zeitweise abgesperrt bleiben.

Greizweiss

Pech im Unglück hatte der 57-jährige Fabrikbesitzer Raimund Hollermöffel aus Greizweiß. Vermutlich aufgrund von Unterzucker, der mit Schwindel und Täuschung einhergeht, fuhr der übergewichtige Unternehmer in einer Rechtskurve zwischen Oberblessach und Unterdeebernitz mit überhöhter Geschwindigkeit geradeaus ins Unterholz, wo er wahrscheinlich das Bewusstsein verlor. Infolge der ungünstigen Lage seines Fahrzeuges in einem abschüssigen, schwer zugänglichen und von der Straße nicht einsehbaren Dickicht aus Gestrüpp und Schwachholz wurden seine leuchtenden Rücklichter von anderen Verkehrsteilnehmern nicht bemerkt. Erst am nächsten Tag fand ein zufällig vorbeistreifender Waldläufer den verunglückten Wagen. Für den mittlerweile verstorbenen Bundesverdienstkreuzträger im Wageninneren kam allerdings noch die schnellste Hilfe zu spät.

Hietsch

Ein Rettungsversuch muss wohlüberlegt sein, damit ihn der Retter auch überlebt. Die 67-jährige Rentnerin Irmgard Hietsch unternahm wie üblich einen ihrer täglichen Spaziergänge am Rande des Lebberinger Weihers bei Dossenbühl, als sie Augenzeugin wurde, wie ein frei laufender Hund eine verletzte Wildgans bedrohte. Sofort eilte sie resolut dem Vogel zu Hilfe und versuchte beherzt, sich dem bellenden und knurrenden Angreifer mit energischen Worten in den Weg zu stellen: „Läßt du Hundsfrecker des Dierla in Frieden!“. Dabei geriet sie allerdings in den morastigen Uferbereich des Weihers, sank bis zu den Hüften ein, so dass sie sich selbst nicht mehr aus ihrer Falle befreien konnte. Aufgrund ihres eigenen Körpergewichts und unglücklich verlaufender Armbewegungen versank sie weiter im Schlamm, bis sie erschöpft und kraftlos im Gewässer verschwand. Die verletzte Wildgans landete im Tierheim, der Hund bei seiner Besitzerin, nur die vermeintliche Retterin fand ihren Tod in den trüben Wassern des harmlosen Weihers.

Pinkelpause

Der 31-jährige Sanitärtechniker Pascal Brunner aus Schifferhöchstätt fuhr mit seinem Kleintransporter der Firma Stößlein von der Kreisstraße bei Dimpfelreißbach ab, um in dem Waldstück Ägelsbach kurz auszutreten und einem dringenden, drückenden Bedürfnis Genüge zu tun. Dabei vergaß er unglücklicherweise, die Handbremse seines Fahrzeugs anzuziehen. Der Kleintransporter, beladen mit Produkten des Sanitätsgroßhandels, kam auf der abschüssigen Straße ins Rollen und presste den ausgestiegenen und unzweideutig abgelenkten Fahrer von rückwärts gegen einen Baum. Das Opfer wurde von seinem eigenen Wagen erdrückt und erlag noch an der Unfallstelle den schwerwiegenden Verletzungen. Ist der Schutzengel nicht an Bord, nimmt einem leicht der Tod das Steuer aus der Hand.

Stößlein
Sanitär
MSPIK·GB

Herzschmerz

Als die 76-jährige Rentnerin Isolde Hofreither bei der Rückkehr vom Einkaufen auf dem Gehsteig vor ihrem Mehrfamilienwohnhaus in der Seichengruber Hauptstraße den 23-jährigen Werkstudenten Patrick Preller aus Gimbelgarten in die Knie gehen, sich mit schmerzverzerrtem Gesicht mit den Händen ans Herz fassen und mit gekrümmtem Leib vornüber fallen sah, da verständigte sie unverzüglich den Notruf, weil sie dachte, der Mann habe gravierende gesundheitliche Probleme. In ihrer unverbildeten Sofortdiagnose ging sie von einem Herzinfarkt, einer Vergiftung oder einer Thrombose aus. Der junge Mann jedoch wollte seiner Freundin, die an einem Fenster im 3. Stock stand und amüsiert die Szene beobachtete, nach einem Streit bloß eine Liebeserklärung machen. Deshalb begab er sich auf die Knie und fasste sich theatralisch mit beiden Händen ans Herz. Als die herbeirasenden Fahrzeuge des Notarztes und des Rettungswagens die Seichengruber Hauptstraße erreichten, waren der Auslöser und die Künderin des Vorfalls bereits von der Bildfläche verschwunden. Erschrocken über Blaulicht und Sirene rammte der 83-jährige Diethard Graushaar jedoch beim hektischen Einparken seines Autos die Beifahrertür eines abgestellten Fahrzeugs, setzte im Schock sofort rabiat zurück, so dass der Einsatzwagen der Sanitäter mit voller Wucht in seinen Opel Astra prallte und den Rentner damit schnurstracks ins Jenseits beförderte. Der mächtige Schlag wurde dann dem 54-jährigen Raumausstatter Rüdiger Schlemser im Häuserblock gegenüber zum Verhängnis. Er war gerade im Begriff, eine vier Meter lange Teppichrolle durch ein Fenster in seine Wohnung im ersten Stock zu transportieren. Zu diesem Zweck stellte er eine Leiter auf, verlor jedoch beim schreckhaften Herumdrehen zur Unfallstelle den Halt und stürzte gut zweieinhalb Meter in die Tiefe. Er schlug mit dem Kopf auf und verletzte sich tödlich. Welch eine Spur von Unglück und Verwüstung doch ein harmloser Telefonanruf nach sich ziehen kann!

Schrammeck

Wonnemonat Mai, Sonnenschein nach dem bleikalten Winter. Schwalben und Störche beflügeln den Himmel, Schlehenhecken und Fliederbüsche feiern fröhliche Urständ. Ein junger, lang aufgeschossener Stadtschnösel fährt mit seiner gefönten Büroschnecke in einem rapsgelben Kabrio übers Land. Sandsteinhäuser und Bauerngärten, Biberschwanzscheunen und Waschbetonblumen, Kunststofffenster und Baumarktgaragen, Alutüren mit Riffelglas. Da kommen sie nach Schrammeck, ein abgelegenes Nest mit ein paar Dutzend Seelen. Die weitgeschwungene Linkskurve ins Dorf nimmt der junge Mann überaus forsch, spürbar draufgängerisch. Am Straßenrand stehen Autos. Auf einmal rennt ein Kind auf die Fahrbahn, der Fahrer tritt aufs Bremspedal und zieht das Lenkrad nach links, ein metallenes Quietschen ist zu hören, ein schabendes Geräusch, bis ein dumpfer Schlag folgt und das Kabrio an einer Gartenmauer zum Stillstand kommt. Das Kind liegt leblos auf dem Asphalt. Da kommen schon die ersten Dorfbewohner angelaufen, einer reißt die Fahrertür auf und schreit den jungen Mann an, die Beifahrerin ist am Weinen und Schluchzen. Ihr Freund will die Tür wieder zuziehen, um seine Ruhe zu haben, aber da zerren schon zwei Hände an seinem Hemd, schlagen ihm die Sonnenbrille aus dem Gesicht, dass seine Nase blutet. Er wehrt sich, will nicht aus dem Wagen, da holt er eine Waffe aus dem Handschuhfach und im Handgemenge, das nun folgt, fällt ein Schuss und seine Beifahrerin sackt lautlos zusammen. Jetzt geht alles blitzschnell. Er wird überwältigt und zusammengeschlagen, dann brennt schon das Auto, kurz danach hört man Polizeisirenen und Feuerwehrgeheul in der Ferne. Im Radio meldet man später einen Autounfall mit einem überfahrenen Kind und zwei verkohlten Leichen.

Zagelholzer

Bei manchem Unseligen treibt das Verhängnis auf der eigenen Schwelle sein Unwesen. Der 32-jährige Außendienstleiter Enrico Zagelholzer verspürte nach einem ausgiebigen, gemeinsam mit seiner Lebensgefährtin Helena Höllriegel verbrachten, feuchtfröhlichen Fernseh- und Filmabend zu später Nachtstunde in seiner Wohnung in der Seidelsterzstraße einen unbändigen, über die Maßen lange aufgestauten Harndrang. Unglücklicherweise konnte er seiner arg malträtierten Blase keine Erleichterung verschaffen, da sein Badezimmer seit geraumer Zeit von seiner Partnerin besetzt und verriegelt war, die darin mit lauter Rockmusikbegleitung ihre Nachttoilette verrichtete und auf seine eindringlichen Signale in keiner Weise reagierte. Angesichts der versperrten Lokalität begab sich der leidgeprüfte Mann in das angrenzende Schlafzimmer, öffnete das Doppelflügelfenster und erklomm die Fensterbank, um sogleich sein flüssiges Geschäft zu eröffnen. Bei der Aktion verlor der mit 1,5 Promille belastete Mann jedoch das Gleichgewicht und stürzte aus dem 4. Stock in den Hinterhof des Wohnkomplexes, wo er nicht lange danach leblos inmitten einer verräterischen Urinlache aufgefunden wurde. Der gepflasterte Boden hatte sich als unüberwindliches Hindernis erwiesen.

Rachgall

Manchmal geschieht es, dass die vielfach malträtierte Natur zurückschlägt und die Menschheit den bitteren Stachel des Todes verspüren lässt. Bei einem Verkehrsunfall zwischen Goschensoor und Schnarchzapfenreuth im südöstlichen Westmittelfranken kollidierte ein Kleintransporter der Chemiefirma Rachgall AG aufgrund überhöhter Geschwindigkeit mit einem entgegenkommenden Bienentransporter. Dabei büxten mehrere Völker der staatenbildenden Honigproduzenten aus und stürzten sich voller Ingrimm und Raserei auf die Unfallverursacher, aber auch auf Schaulustige und Rettungshelfer. Mehr als 25 Personen wurden mit zahllosen Stichen versehen und auf das Übelste zugerichtet. Um die verletzten Opfer bergen und retten zu können, mussten erfahrene und wahrhaft todesmutige Imker herbeigeholt werden, die der tobenden Heerscharen an Bienen wieder Herr zu werden vermochten. Dennoch blieb für zwei Unfallbeteiligte jede ärztliche Hilfe vergeblich. Die beiden Mitarbeiter der Chemiefirma, Manuel Muhackel und Leon Sichelschlag, mussten die todbringenden Stachel der rasenden Hautflügler erleiden, so dass ihr letztes Stündlein geschlagen hatte.

Stiefmütterchen

Über viele Jahre hatte die 78-jährige Lise Stichscheit aus Breitendollnau das Leben ihrer Schwiegertochter, der 43-jährigen Regina Stichscheit, geborene Stürzenhofecker, beschwert und belastet, so dass sich diese „permanent bis aufs Blut gepiesackt und schikaniert" fühlte. Als die Schwiegermutter starb, war die Trauer folglich nur von kurzer Dauer und die Schwiegertochter atmete und blühte für alle erkennbar auf. Nun konnte sie endlich schalten und walten nach Belieben und Bestreben. Drei Jahre nach dem Ableben der 78-Jährigen kam Regina Stichscheit jedoch auf tragische Weise ums Leben, als sich beim Neubepflanzen des Familiengrabes an einer benachbarten Grabstätte infolge Korrosion der stabilisierenden Metallteile ein schwerer Granitengel gelöst haben musste, der auf die 43-Jährige stürzte und sie dabei tödlich verletzte. Welche Rolle bei diesem Unglücksfall die eingepflanzten Stiefmütterchen und Gottesaugen spielten, wird am Friedhof von Breitendollnau heute noch lebhaft diskutiert.

Litzenfronach

Auch im Augenblick des harmlosesten Vergnügens kann der Tod dem heitersten Spiel den Garaus bereiten. Und weil die Jugend wie der Most ist, der sich nicht halten lässt, muss sie gären bis zum Überlaufen. Wer behaupten würde, Weitspucken zähle zu den Risikosportarten, der würde mit Recht großes Gelächter ernten. Gleichwohl kam es bei einer feucht-fröhlichen Geburtstagsfeier im oberfränkischen Litzenfronach zu einem tragischen Zwischenfall, als ein Wettbewerb im Kirschkernweitspucken eingeläutet wurde und der 22-jährige Flachglasmechaniker Dennis Drittscheufel nach einem übermäßig weitgezogenen Anlauf beim kraftvollen Spucken mit Schwung und Gewicht über das Geländer des Balkons in der zweiten Etage stürzte. Sein Fall führte zu einem Aufprall auf einem geparkten Auto und endete unsanft auf dem geteerten Vorhof des Mehrfamilienkomplexes. Die eintreffenden Rettungskräfte mussten sich dem Schicksal geschlagen geben und das Ableben des übermütigen jungen Mannes anerkennen. Was den kundigen Beobachter wieder an den alten Wahrspruch denken lässt: Der Leichtsinn zieht mehr als sieben Ochsen.

Beisserlein

Das häusliche Glück und der beschauliche eigene Garten können die Gelegenheit eröffnen, plötzlich und unerwartet das Zeitliche zu segnen. Der 67-jährige Gottfried Beißerlein aus dem unterfränkischen Grattelstreu besaß den sprichwörtlichen grünen Daumen und galt als leidenschaftlicher Hobbygärtner und prämierter Schnapsbrenner, dem nichts stärker zuwider war als Unkraut und Ungeziefer. Aus diesem unschwer nachvollziehbaren Grund sah er es als seine Pflicht und Schuldigkeit an, der Maulwurfsplage in seinem weiträumigen Nutzgarten energisch Herr zu werden und die Pflanzenschädlinge mit Stumpf und Stiel auszurotten. Der ehemalige Schichtleiter steckte zu diesem Zweck bewährte Metallstäbe in den Erdboden und setzte diese unter Starkstrom. Vermutlich hatte er übersehen, dass der Strom bereits eingeschaltet war, als er mit einem weiteren Eisenstab in der Hand ein bereits versenktes Metall berührte, was dem gartenerfahrenen Rentner auf der Stelle einen tödlichen Schlag versetzte. Eine Vielzahl frisch aufgeworfener Maulwurfshügel im näheren Umfeld des Tatorts setzten der Tragödie dann noch die Krone auf.

Happydrom

Die 51-jährige Marlene Fitzer, die als Beauty- und Vital-Coach in der Wellness-Oase „Happydrom" in Schwartenwinden arbeitete, befand sich nach einer orthopädischen Knieoperation einige Wochen vorher bei einer ärztlichen Nachsorgeuntersuchung, als sie dem behandelnden Arzt freudestrahlend demonstrierte, wie gut es ihr wieder ging nach dem äußerst erfolgreich verlaufenen Eingriff. Sie warf ihre Beine in die Höhe wie eine Can-Can-Tänzerin und versicherte dem Mediziner, wieder ganz die Alte zu sein, hundertprozentig auf dem Damm. Dass dies ihre letzten Worte in diesem Leben sein sollten, konnte die ebenso resolute wie fröhliche Fitnessexpertin mit keiner Faser ahnen. Es musste sich nämlich bei der ausgedehnten Leibesübung ein unglückseliger Blutpfropf in einem Beingefäß gelöst haben, der sich als Thrombus selbständig machte und an einer heiklen Stelle den Blutfluss in der Lunge versperrte und so zu einer fatalen Verstopfung führte. Die so eskalierte Embolie brachte das Schlagwerk des Lebens unerbittlich zum Stillstand. Woran man wieder einmal sehen kann: In einem Moment könnte man Bäume ausreißen, im nächsten geht man schon über den Jordan.

Achelsticht

Wenn es zur wilden Jagd kommt, kennt die Urgewalt tiefsitzender Triebe keine Gegenwehr und keine Grenze – so zumindest bei Tieren. Auf einer Grünfläche zwischen Wetzloch und Achelsticht befanden sich 18 Jungbullen, die auf einer angrenzenden Weide eine Kuhherde entdeckten und die einzige Jungkuh, die nicht trächtig war, sofort witterten und stürmisch begehrten. Sobald sie einen Absperrzaun niedertrampelten und auf das Objekt ihrer Begierde zurannten, ergriff die besagte Kuh auf der Stelle die Flucht, riss einen weiteren Weidezaun nieder und floh in Richtung der Autobahnraststätte Grießenherder Forst. Die liebestollen Jungstiere folgten ihr im Eiltempo, bis alle Beteiligten an die Leitplanken der Unterfrankenautobahn kamen, wo die Kuh in Panik auf die Fahrbahn sprang und einem Motorradfahrer ohne Vorwarnung zum Verhängnis wurde. Der 25-jährige Systemadministrator Justin Schwelger konnte seine schwere Maschine nicht mehr rechtzeitig abbremsen, prallte mit hoher Geschwindigkeit frontal gegen das Tier und wurde mit großer Wucht gegen die Mittelleitplanke geschleudert, wo er seinen schweren Verletzungen erlag. Die sichtlich geschockten Jungbullen wurden Augenzeugen dieses schlimmen Unfalls und mussten den Tod ihrer Angebeteten hilflos mit ansehen.

Handytaucher

Süß getrunken, sauer bezahlt, so lautet oft die bittere Wahrheit. Wie genau der 21-jährige Yannick Schmeckenschön aus Herrenbölzich kopfüber in einem Gully zu Tode kam, entzieht sich genauer Kenntnis. Die Ermittler gehen davon aus, dass der Unglücksrabe den Gullydeckel selbst angehoben hat, um einen verlorenen Gegenstand zu suchen. Dabei glitt er wohl kopfüber in den Abwasserschacht und rutschte in die Kanalisation, so dass er sich aus eigener Kraft nicht mehr aus dem 1,50 Meter tiefen Schacht befreien konnte. Als Passanten den jungen Mann, dessen Füße aus dem Gully ragten, am Morgen entdeckten, hatte der Tod bereits seinen Lebensgeistern den Garaus gemacht. Die genaue Todesursache stand zunächst allerdings noch nicht fest, die Blutprobe sollte erst später ihr eindeutiges Ergebnis liefern. Der 22 Jahre alte Freund des Opfers, Bastian Seierlein, der volltrunken in der Nähe auf einer Treppe schlief, hatte von dem Geschehen „absolut nichts" mitbekommen. Die Obduktion ergab keinen Hinweis auf Gewalteinwirkung. Nach Bergung des Leichnams fanden Polizisten ein Handy und einen Schlüsselbund in dem Schacht. So ging der 21-jährige Yannick Schmeckenschön aus Herrenbölzich in das Geschichtsbuch seiner Heimat als „der Handytaucher" ein.

Kaltenbruchstein

Der Beste kann sich das größte Übel holen, wenn zum Schaden noch der Irrtum kommt. Zwei junge Männer, Timo Schladerer und Nils Seyschab, fuhren nachts zwischen Kaltenbruchstein und Grünbiezich (Landkreis Grattelbrunn), als sie sahen, wie ein Pkw gegen eine Leitplanke gefahren war. Sie hielten an, stiegen aus und liefen zum demolierten Wagen der 19-jährigen Autofahrerin Kathleen Hefelwein, um nach dem Rechten zu sehen und ihre Unterstützung anzubieten.

Kaum waren aber die beiden Helfer am Unfallfahrzeug angelangt, als ein vorbeikommender Pkw unvermittelt bremste, so dass ein dritter Wagen auf diesen auffuhr. Da die beiden Helfer wohl befürchteten, von den schlingernden Autos erfasst zu werden, zumal sich zwei weitere Fahrzeuge bedrohlich näherten, sprangen sie, sei es aus Sicherheitsgründen oder in Panik, über das am Rande der Fahrbahn befindliche Geländer, das sie wohl für eine Leitplanke hielten, und stürzten gut elf Meter von der Brücke in die Tiefe. Für die beiden tödlich verletzten Unfallhelfer gab es keine Rettung mehr, wogegen sich die Schäden auf der Fahrbahn vergleichsweise in Grenzen hielten.

PilzSaison

Als sich der 57-jährige Maschinenschlosser Erhart Geißelbrecht bei idealem Steinpilzwetter in das Waldgebiet Wonnenholz bei Unterbrettenbuch begab, hatte er von seinem drohenden Schicksal nicht den blassesten Schimmer. „Die Pfiffer wachsen dort in richtige Hexenring, wie die Soldaten am Exerzierplatz stehn die dort da, die könnt man mit der Sense mähn", hatte der erfahrene Pilzsucher noch vorher seiner Frau freudestrahlend verkündet. Das Unheil nahte in Gestalt des 21-jährigen Bankkaufmanns Marcel Knöchlein, der seinen funkelnagelneuen Sportwagen mit Karacho dermaßen in das Wonnenholz jagte, dass er dabei nicht nur etliche Bäume fällte, sondern auch den Pilzesammler tödlich erfasste, bevor er an einer Blutbuche nichts als einen schaurig qualmenden Blechhaufen hinterließ. Ein Einsatzbeamter meinte dazu düster: „So a Raser, so a Heißsporn, der is im Nu a kalte Leich. Bloß a Jammer, dass der arme Erhart schon so früh hat in die Pfiffer beißen müssen."

Grelzer

Selbst bei grimmigster Kälte kann es manchmal zu heiß hergehen. Dies musste der 71-jährige frühere Steuerfachwirt Bodo Grelzer aus Rimpfelschmellach schmerzlich am eigenen Leibe erfahren. Als er an einem frostigen Wintermorgen sah, dass der Kühler seines Autos über Nacht eingefroren war, er aber dringende Besorgungen zu erledigen hatte, stellte er kurzerhand einen Heizstrahler vor den Wagen in der Garage. Nach einiger Zeit unterbrach eine gewaltige Explosion die Ruhe in der idyllischen Ortsrandsiedlung, wo viele Einwohner gerade in der Küche am Zubereiten des Mittagsmahles waren. Infolge der Wärmeentwicklung hatten sich die Benzingase im Wagen entzündet und das Auto war mit einem ohrenbetäubenden Getöse in die Luft geflogen und vollständig ausgebrannt. Demzufolge wurde auch der Rentner, der in der Garage in unmittelbarer Nähe des Pkw stand, aufs Übelste in Mitleidenschaft gezogen. Für ihn gab es keine Rettung mehr. „Ein Heizstrahler am Automotor – für so was brauchst doch an Waffenschein!“, bemerkte ein Polizist kopfschüttelnd.

Bösenbechhaupten

Ähnlich wie Witwe Bolte in Wilhelm Buschs berühmter Kindergeschichte von den bösen Buben Max und Moritz, machte sich die 82-jährige Witwe Apollonia Scherflein aus Bösenbechhaupten daran, für die nahenden Feiertage drei ihrer Hühner zu schlachten und bratfertig vorzubereiten, um sie „ganz im Stillen und in Ehren gut gebraten zu verzehren". Sie hatte bereits die Tiere gerupft und ausgenommen, dass sie „ohne Kopf und Gurgeln", „nun so nackt und bloß abgerupft am Herde lagen", als sie in einer leeren Fischdose Spiritus zum Brennen brachte, um die stupfeligen Restfedern der Hühner vollends abzusengen. Dabei übergoss sie auch deren Haut mit Spiritus. Aus ungeklärten Umständen stieß sie dabei unglücklicherweise die Spiritusflasche um, so dass sich deren Inhalt auf ihre Schürze und Kleidung ergoss, die sofort in Feuer und Flammen ausbrachen und der Seniorin lebensgefährliche Verbrennungen zufügten, an denen sie verstarb. Die drei Hühnchen indes waren bratfertig geblieben und für Zubereitung und Verzehr durchaus geeignet, wie der wachsame Feuerwehrkommandant schmunzelnd und schmatzend zum Besten gab.

Gassigehen

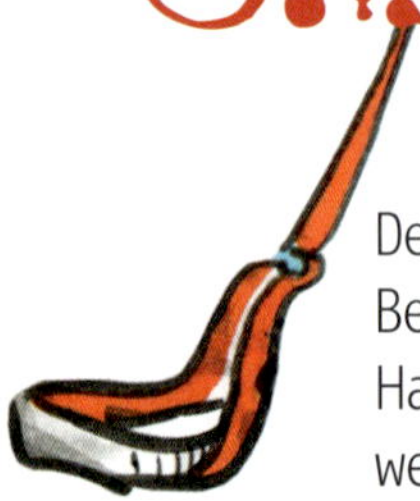

Der 51-jährige Frührentner Baldur Daumenlang war im Begriff, in der Bäckerei Leykauf in der Rappelderrer Hauptstraße seine täglichen Besorgungen zu tätigen, weshalb er seinen Labrador-Schäferhund-Mischling „Bronko“ aus Hygienegründen an einen Metallstuhl vor dem Laden anleinte, da Hunde im Inneren nicht gestattet waren. Kaum war der Besitzer in die Bäckerei getreten, erspähte sein Hund auf der gegenüberliegenden Straßenseite einen Artgenossen: Der Terrier „Zorro“ war an einem klappbaren Werbeschild vor einem Lotteriegeschäft festgebunden und wartete auf sein Herrchen. Sobald er „Bronko“ mit bedrohlichem Getöse herannahen sah, zerrte „Zorro“ so stark an der Leine, dass der Aufsteller laut scheppernd zusammenklappte, was das Tier erschrecken und mit Vollgas davonjagen ließ, das hin- und herknallende Schild im Schlepptau. Was dann passierte, ist unschwer zu erraten. Der Stuhl und das Klappschild vollführten bei ihrem Ausflug wilde Sprünge und Drehungen, so dass eine Reihe von Autos in Mitleidenschaft gezogen sowie sieben Passanten verletzt wurden, zum Teil erheblich.

Das Malheur mit seinen Kapriolen verwandelte sich nun jedoch in eine veritable Tragödie. Die 64-jährige Elvira Hühnerkopf wartete mit ihrer angeleinten Dogge „Sissy“ auf einer Verkehrsinsel in der Rappelderrer Hauptstraße darauf, die Fahrbahn im lebhaften Verkehr überqueren zu können, als ihr Hund aufgrund der stattfindenden Verfolgungsjagd bellte und seinen entfesselten Artgenossen nachstürmte. Die Frau konnte das große Tier nicht zurückhalten und wurde mitgerissen auf die Straße. Das herannahende Auto des 39-jährigen Steuerfachwirts Simon Findeisen konnte nicht mehr rechtzeitig bremsen und erfasste die 64-Jährige mit tödlicher Wucht.

Alle sichergestellten Hunde sind wohlauf und werden psychologisch untersucht und betreut. Die Sachschäden belaufen sich auf einen Betrag im mittleren fünfstelligen Bereich.

IHR
GLÜCKS
TAG
6 Mio
im
JACKPOT

Ziepfenfeld

Der 19-jährige Death-Metal-Fan Frederik Scheufferlein aus Ziepfenfeld war mit seinem Kleinwagen auf der Landstraße zwischen Schnerpfelreuth und Blessenheid unterwegs, als er infolge nicht angepasster Geschwindigkeit nach einer Rechtskurve auf der regennassen Fahrbahn ins Schleudern geriet und gegen einen Baum prallte. Durch diesen eigentlichen Unfall wurde der junge Mann nur unmaßgeblich verletzt. Doch eine nur unzureichend in der Heckablage montierte Lautsprecherbox flog dem Fahrer mit voller Wucht gegen den Kopf, so dass ihm durch dieses Geschoss tödliche Schädelverletzungen beigebracht wurden. Die düsteren Lieder seiner Lieblingsbands Six Feet Under, Carcass und Bloodbath, die er dröhnend laut im Wagen gehört hatte, mögen eine unselige Mitschuld an der Unfalltragödie gehabt haben, bemerkte ein herbeigerufener Feuerwehrmann trocken: „Wenn du dir ständig so a Geschepper und Gestampf neiziehgst, da weiß man doch, was da rauskommt dabei."

Runkelheid

Joggen am Morgen soll der Gesundheit förderlich sein. Dass der Schuss auch nach hinten losgehen kann, bezeugt der folgende Fall aus Oberfranken. Der 23-jährige Mediengestalter Christopher Grammert aus Runkelheid war wie gewöhnlich in den frühen Morgenstunden zum Joggen gegangen, um sich auf einen anstrengenden Bürotag vorzubereiten. Seine Laufroute führte ihn an einem ausgedehnten Maisfeld zwischen Wunnenbrunn und Runkelheid vorbei, als ihn aus heiterem Himmel ein Schuss in die Brust traf und auf der Stelle niederstreckte. Ein tödliches Versehen, wie sich herausstellte. Der 69-jährige Jagdpächter Siegfried Rammendinger hatte auf seinem Hochsitz im Waldstück Rangerlach seit 4 Uhr früh auf Wildschweine gewartet, die in den Äckern der Landwirte schon beträchtliche Schäden angerichtet hatten. Aus welchen Gründen er den in einen blauroten Trainingsanzug gekleideten Jogger mit einem veritablen Wildschwein verwechselte, konnte der geschockte Waidmann selbst nicht mehr erklären. Ob schlechte Sicht, Übermüdung, eine Sehschwäche oder wärmende Schlucke aus einem mitgeführten Flachmann bei dem tödlichen Irrtum eine ungute Rolle spielten, soll durch eine gründliche Untersuchung ans Licht gebracht werden.

Grippelhofen

Wolfgang „Tschiko“ Watzenbeck, ein amtlich zugelassener Vorderladerschütze, der zur Rockergruppe „Franconian Freckers“ gehörte, hatte für die trinkselige Geburtstagsparty seines Rockerclub-Vorsitzenden Lutger „Grufty“ Schussbartel einen besonderen Überraschungsgag auf Lager. Gemeinsam mit Motorradkumpels stellte er eine selbstgebaute, mit einer enormen Schwarzpulvermenge gefüllte Metallkonstruktion ins Feuer vor dem Freizeitheim der „Freckers“ bei Grippelhofen, die nach geraumer Zeit ein fulminantes Feuerwerk auslösen sollte. Doch statt pyrotechnischen Zauberstücken bekamen die Feiernden etwas gänzlich Andersartiges verabreicht, so dass ihnen wahrlich Hören und Sehen verging. Die Herbeiführung einer Sprengstoffexplosion führte nämlich dazu, dass der offene Behälter mit immenser Wucht zerbarst und durch die kolossale Schlagkraft naturgemäß Metallteile und Splitter durch die Luft geschleudert wurden. Ein solcher Eisenzacken traf das zehn Meter entfernt stehende Geburtstagskind mit brutaler Härte am Hals. Trotz sofort eingeleiteter Rettungsmaßnahmen erwies sich die Vehemenz des Einschlags als letztendlich tödliche Dosis. Gewiss ahnte auch der Rockerchef vorher nicht, dass ihm an seinem Jubeltag der Tod so grausam im Nacken saß.

Matzenreefach

Bei einem Modellflugzeug-Wettbewerb im oberfränkischen Matzenreefach sollten neue Modelle und Eigenkonstruktionen vorgeführt werden. Dabei geschah es, dass der 28 kg schwere Eigenbau THX 1139 des 24-jährigen Fertigungsmechanikers Dominik Ruckriegel außer Kontrolle geriet und auf Steuerungsimpulse des erfahrenen Piloten nicht mehr reagierte. Der technisch einwandfreie Flieger mit einer Spannweite von 1,98 Metern flog einen weiträumigen Bogen, bevor er ins Trudeln geriet und im Sinkflug zu Boden schoss, wo er in etwa 500 Meter Entfernung einen Spaziergänger, den 79-jährigen Pensionär Hermann Schindhelm, am Hals und am Kopf traf und tödliche Verletzungen beibrachte. Modellflugbegeisterte spekulierten sofort, ob es sich um menschliches Versagen handelte. Das Unglück ereignete sich zwischen der Kläranlage, dem Wertstoffhof und der Mehrzweckhalle des Ortes, wo Dutzende von Teilnehmern ihre spektakulären Modellflugzeuge der schaulustigen Bevölkerung zur Inaugenscheinnahme präsentierten.

Drutenbuck

Der passionierte Radrennfahrer Meinhard Bechdaller, der sich als verwegener Downhill-Biker im fränkischen Raum einen einschlägigen Ruf erworben hatte, radelte mit seinem Mountainbike der Marke „Christopherus Lightning“ den berüchtigten Drutenbuck zwischen den Ortschaften Dengelstock und Schindersterzig hinunter, wobei er aus bisher nicht ermittelter Ursache ungebremst in eine kurvenmittig am Wegrand befindliche und heimatgeschichtlich höchst bedeutsame Wallfahrtskapelle raste, wo er am Fuße des Kreuzes, gewissermaßen also in Golgatha, mit zerschmettertem Helm und vollbrachtem Schädelbruch zum völligen Erliegen kam. Ohne Wiedererlangung seines Bewusstseins entschwebte er aus der Lebensgefahr direkt ins Jenseits, allem Irdischen überhaupt entledigt, so dass in diesem Fall an so manches zu denken war, jedoch gewiss nicht mehr an Rettung.

Kaiserburg

Als der argentinische Rentner Julius Goldwein in den hinterlassenen Habseligkeiten seiner unlängst verstorbenen Frau Rosa Fotos fand, die sie Arm in Arm, ja engumschlungen mit einem unverschämt gutaussehenden jüngeren Mann vor dem Schönen Brunnen in Nürnberg zeigte, wirkte er bestürzt und verwirrt: „Meine Frau wollte nie nach Franken! Nach allem, was ihren Eltern dort angetan worden war, hasste sie Franken! Sie verabscheute Nürnberg! Und nun dies!“ Eilends hinzugezogene Privatdetektive enthüllten ihm schließlich das ganze Ausmaß der zeitlebens gut verheimlichten Verbindung seiner Gattin zu einem süddeutschen Geschäftsmann. Dergestalt aufgeklärt und im Bilde begab sich der betagte Witwer in die fränkische Metropole, ließ sich zum Schönen Brunnen und zur Kaiserburg chauffieren, wo er einen Turm erklomm und durch einen Fenstersturz seinem Leben ein jähes Ende bereitete. Der Geschäftsmann, jener angebliche Liebhaber Rosa Goldweins, sprach von einem „extrem traurigen Fall“. Als er das tragische Missverständnis aufklärte, blieb im weiten Rund kein Auge trocken.

Kräuter-Rundweg

Nachdem er den Aischtal-Radweg sowie den Karpfen-Rundweg erfolgreich gemeistert hatte, musste der 72-jährige Freizeitnarr Bruno Adelmann auf dem Kräuter-Rundweg Knall auf Fall das Zeitliche mit dem Ewigen vertauschen. Entlang der „Lebensader Aisch" hatte sich der besessene Wanderer unter dem Motto „Aischgründer Kräuter sehen fühlen riechen schmecken" auf Erkundungstour begeben, als er im Weiler Dorgelbrunn zur Verrichtung einer urplötzlich aufgetauchten Notdurft auf die Abdeckung eines vier Quadratmeter großen Gülleschachtes trat, dessen angemorschte Holzbretter unter seinem Gewicht zerbrachen. Seine gleichaltrige Ehefrau hörte einen Schrei, reichte ihm noch eine Holzstange in die Tiefe, an der sich der Unglückliche jedoch nicht mehr festzuhalten vermochte, so dass er in der gut gefüllten Jauchegrube ertrank. Die Feuerwehr konnte ihn nur noch tot bergen und musste betrübt feststellen: Versumpft sind im Aischgrund schon viele, auf diese übelriechende Art und Weise aber noch keiner.

Bodenschatz

Das Leben des 48-jährigen Berthold Bodenschatz wurde beim Angeln am Dohlmannsweiher ein Raub des feuchten Elements. Der Petrijünger aus Schlammershof hatte mit einem Sprung in den Weiher versucht, seine Angel zu retten, nachdem ein mächtiger Fisch angebissen und die Rute mit einem Ruck ins Wasser geschleudert hatte. Bei der missglückten Rettungsaktion ist der Angler jämmerlich im Morast untergegangen. Für die Hilfskräfte war er im trüben Wasser nicht zu entdecken, zumal sie von einer Unzahl von Fischen mit Luftblasen abgelenkt wurden. In den letzten Jahren war Bodenschatz wiederholt Anglerkönig des Vereins „Grätenglück" geworden und galt als überaus erfahrener und vorsichtiger Weiherjäger.

Schnepperschütz

Menschen, die es zu gut mit dem Hausputz meinen, können sich leichtfertig in Lebensgefahr bringen. Um einen solchen Fall handelt es sich im folgenden. Beim Fensterreinigen stellte sich die 53-jährige Edelgard Gerstlein auf einen Schreibtischstuhl, um vor dem Abwaschen der Fenster und Rahmen die Gardinen abzunehmen. Dabei verlor sie auf dem rollbaren Untersatz jedoch erst das Gleichgewicht und dann auch noch den Halt am Fenster, so dass sie aus dem fünften Stock 16 Meter in die Tiefe stürzte. Anwohner fanden die beliebte, fleißige Frau leblos auf der Grünfläche vor der Wohnanlage in der Schnepperschützstraße. „So ein bodenloser Leichtsinn ist echt die Höhe“, entfuhr es dem aufgebrachten Hausmeister Eduard Derbfuß. „Zuviel Putzen taugt auch wieder nix.“

Himmelstoss

Manchem Leidensgenossen blüht das Unglück an der allerwertesten Stelle. Der 48-jährige Berufskraftfahrer Friedrich Beerwind aus Himmelstoß war bei Wartungsarbeiten an seinem Fahrzeug zwischen dem Führerhaus und dem Anhänger seines Lastwagens gestürzt, wobei sich das Ventil des Drucklufttanks für die Bremsen so unglücklich in sein Hinterteil bohrte, dass die Luft schlagartig mit Hochdruck in seinen Körper strömte. Sein dadurch aufgeblasener Rumpf verursachte dem 48-Jährigen ein drückendes Völlegefühl und heftige Schmerzen. Zwar gelang es ihm, um Hilfe zu rufen, doch konnte der herbeigeeilte Kollege Rudolf Fetzenecker das verhängnisvolle Ventil nicht entfernen. Zudem kam es bei dem Versuch, die Luftzufuhr abzudrehen, durch Missgeschick zu einem Defekt, so dass diese Möglichkeit zur Abhilfe vereitelt wurde. „Der war aufgeblasen wie ein Michelin-Männla“, bemerkte der Kollege später, „der ist hin- und hertorkelt wie ein Brummkreisel.“ Bis es Rudolf Fetzenecker mit roher Gewalt schaffte, die Druckluftzufuhr zu unterbinden, waren im Körper des 48-Jährigen bereits Gefäße und Organe so stark ins Verderben gestürzt worden, dass er seinen schweren Verletzungen erliegen musste.

Nägelbrenner

Die herrlichsten Sommertage können in Schrecken und Gefahr ausufern. Denn wenn in der Affenhitze der brütenden Hundstage dunkle Gewitterwolken aufziehen und die feuchtheiße Luft zu knistern beginnt, kündigen sich Blitz und Donner an. Sobald ein heftiges Gewitter einsetzt, kann es zu ungeheuerlichen Einschlägen kommen. Dem 44-jährigen Familienvater Dietmar Nägelbrenner aus Hudelhaag schwante wahrlich nichts Böses, als er bei seiner Rückkehr aus dem Geschäft in die Dusche stieg, um seinem verschwitzten Körper eine kühle Erfrischung zu verschaffen. Sobald er die Brause in die Hand nahm, wurde ihm ein gewaltiger Schlag verabreicht, dessen Druckwelle ihn hinterrücks aus der Duschkabine katapultierte und gegen ein Waschbecken und eine Fliesenwand schleuderte, wo er schwerverletzt zum Erliegen kam. Nach einem Blitzschlag in ein Nachbaranwesen hatte sich die Überspannung des Blitzes über die Leitungen im Boden ihren Weg gebahnt und das Haus der Familie Nägelbrenner heimgesucht. Alle Steckdosen im Haus waren verschmort und zusammengeschnurrt, die Heizungsanlage kaputt, der Fernseher implodiert, die Computer, Festnetztelefone und Gefrierschränke defekt. „Ohne gscheite Erdung fliegt dir alles um den Kopf. Ein Blitz und wir sind auf einen Schlag wieder in der Steinzeit", bemerkte ein Feuerwehrmann mit düsterer Miene.

Bemberlein

Viele Menschen meinen, mit Frischluftsprays und Duftspendern an stillen Orten unangenehme Gerüche vertreiben zu müssen. So etwas kann sich als todbringender Irrglaube erweisen. So im Falle des 59-jährigen Verfahrenstechnikers Eberhard Bemberlein aus Hutzelhofen. Als der arglose Mann die Tür zu seinem Badezimmer öffnete, wurde der gesamte Raum in die Luft gesprengt. Aus einer undichten Spraydose mit Aromastoffen zur Luftauffrischung war Treibgas entwichen, das zusammen mit der Luft ein hochexplosives Gemisch bildete. Durch die Wucht der Detonation wurden Zwischenwände beschädigt, Decken aufgerissen und der Dachstuhl des Einfamilienhauses aus seiner Verankerung gehoben. Herabstürzende Brocken und Steine verschütteten den Mann und fügten ihm tödliche Verletzungen zu. Die genaue Ursache, wie sich das hochexplosive Gemisch entzünden konnte, gibt den Ermittlern immer noch Rätsel auf. Man nimmt jedoch an, dass es bei Ausbesserungsarbeiten des ambitionierten Heimwerkers mit einem Winkelschleifer zu dem tödlichen Funken kam. Die entsetzte Frau des Verunglückten konnte es nicht fassen, dass ihr Mann das Opfer ihres Lieblingsgeruches Zitrusbrise geworden war. Aber selbst im wohlduftenden heimischen Badezimmer kann einen der Hieb des grausamen Schicksals im Nu treffen und dahinraffen.

Bockelhart

Ein Volksfest ist ein Ort der Freude, wo aber auch Übel und Schrecken ihr Unwesen treiben können. Solch ein Unglück ereignete sich am Montagabend bei der letzten Fahrt des „Hellraisers“, eines spektakulären Fahrgeschäfts auf dem Gambrinusfest im unterfränkischen Bockelhart. Mitten im fröhlichen Treiben und im reibungslosen Betrieb löste sich eine Gondel aus der Verankerung und wurde mehr als zehn Meter gegen eine Gebäudewand geschleudert. Das darin befindliche Pärchen, der 19-jährige Adrian Seidlein und seine 18-jährige Freundin Pamela Schellhaas wurden infolge dieses Aufpralls und des folgenden Absturzes so schwer verletzt, dass ihnen keine Rettung mehr zuteil werden konnte. Ein mürbe gewordener Lagerzapfen hatte den Stützbolzen zum Brechen gebracht und die Drehkabine des hochtourigen Karussells aus der Einrastung gerissen. „Wie nur so ein kleines Drumm Ding so einen Drumm Schlag auslösen kann?“ Diese Frage bewegte viele nach dem tragischen Unglück, nicht nur den konsternierten Augenzeugen Gottlieb Bergfried. „Aber da sieht man erst, was der Mensch ist.“

Schraubenziet

Der 17-jährige Schüler Ruben Öchslein, ein begeisterter Computerbastler und „Internetzocker“, der aus Neugier und Leichtsinn auch mit bewusstseinsverändernden Stoffen und Substanzen experimentierte, wurde in seinem „Hackerlabor“ in seinem elterlichen Zuhause in der Hühnerkopfstraße tot aufgefunden: Ihm steckte ein blutverkrusteter Feinmechaniker-Schraubendreher in der Nase. Die herbeigerufenen Notärzte und Polizisten vermuteten zunächst eine Form der pathologischen Selbstverstümmelung oder sogar einen Mordanschlag im Drogen- oder Rotlichtmilieu. Des Rätsels Lösung kristallisierte sich erst allmählich heraus und wird durch die Analyse der Blutprobe und die Obduktion der Leiche gestützt. Der junge Mann hatte allem Anschein nach ein Schnupfröhrchen zum Konsum illegaler Substanzen mit einem Schraubendreher zum Reparieren von Computern verwechselt und sich das dünne Gerät tief in die Nase getrieben. Dadurch brachte er sich offenkundig gravierende Hirnschädigungen bei, die zum raschen Tod geführt haben müssen. „Sowos Saudumms“, bemerkte ein Ordnungshüter, „sich an Schraubenzieher selber in Kopf neibohrn, dassmer hie is, also sowos Hirnrissigs!“

Gnadenhof

Ein handfester Beziehungsstreit in der Gnadenhofstraße geriet zu einem turbulenten Eifersuchtsdrama, bei dem der 47-jährige Wolf-Dietrich Kolbenreither begann, den liebevoll gepflegten Blumenschmuck auf dem Balkon seiner Ex-Gattin, der inzwischen wieder anderweitig liierten Roswitha Kronester, geborene Drummscheit, mit wüsten Ausfälligkeiten am Boden zu zerschmettern. Als der aufgebrachte und sichtlich angetrunkene Ex-Gemahl gar einen Blumentopf seiner ehemaligen Angetrauten über das Balkongeländer beförderte, landete das florale Wurfgeschoss ausgerechnet auf dem Kopf des vorbeiflanierenden Versicherungskaufmanns Felix Leibnöther, der sich mit seiner Freundin Sigrid Schönleben gerade nichtsahnend auf dem Weg in ein örtliches Lichtspielhaus befand, um den Film „Black Hawk Down“ anzusehen. Der seidene Faden, an dem sein Leben hing, wurde vom Schwert des Schicksals erbarmungslos durchtrennt. Bei der Frage, ob es sich beim Tatwerkzeug um Begonien, Geranien oder Betunien handelte, gingen die Meinungen der in Mitleidenschaft gezogenen Nachbarn weithin hörbar auseinander.

Ständich is wos,
und immer wo annersch.

Fränkisches Sprichwort

Ortsregister